AF308356

Impressum:
Hanna Roth
c/o COCENTER
Koppoldstr. 1
86551 Aichach

Hannas
ROTH

Genesungswünsche
...lieb, seriös, verwegen – das etwas andere Malbuch

WERD SCHNELL
GESUND, DU
HUND!

LIEBER KRANK
ALS TOT, ABER
JETZT MAL
EHRLICH: GENUG
IST GENUG!

OH EDLES HERZ,
LASS AB VOM
KRANKENLAGER
UND ERHEBE
DICH, AUF DASS
DU WIEDER
WILDE TATEN
VOLLBRINGEST!

BLEIB STARK UND HALTE DURCH. JEDE GENESUNG BEGINNT MIT DEM GLAUBEN, DASS ES BESSER WIRD — UND DAS WIRD ES!

SICK DAYS ARE
JUST A REMINDER
THAT EVEN
SUPERHEROES
HAVE OFF DAYS.

AUCH WENN ES
SCHWERFÄLLT,
RUHIG ZU BLEIBEN:
HEILUNG IST EIN
PROZESS. VERTRAUE
DARAUF, DASS ES
BESSER WIRD!

WERD
MAL
BITTE
GANZ
GANZ
GANZ
GANZ
GANZ
SCHNELL
GESUND!
ICH
BRAUCHE
DICH!

DIE ZEIT DER
KRANKHEIT SEI
WIE EIN VERGESSENER
BROWSER-TAB:
SCHLIESSEN UND
FORTFAHREN MIT
EINEM FRISCHEN
BLICK AUF DIE WELT.

GUTE BESSERUNG,
DIGGA. ABER KEIN
BOCK, DIR BLUMEN
MITZUBRINGEN —
WERD EINFACH
WIEDER GESUND.

MACH KEINE
FAXEN UND
WERD WIEDER
GESUND!

KOMM
ZURÜCK, DIE
WELT
BRAUCHT
DEINEN GLAM!

EY, WERD
GESUND!

HÖR, WACKERER RECKE! BALD SCHON WIRST DU ERSTARKEN, DENN SELBST DER SCHWÄCHSTE AKKU WIRD IN DER NEUZEIT GELADEN.

DIE KRANKHEIT IST
EIN SCHATTEN, DER
BALD VON DER SONNE
DES WOHLBEFINDENS
VERTRIEBEN WIRD.

KANNST DU BITTE
EINFACH GANZ SCHNELL
WIEDER GESUND
WERDEN!?

BLEIB GEDULDIG
MIT DIR SELBST.
JEDE HEILUNG
BRAUCHT ZEIT,
ABER DU BIST
AUF EINEM GUTEN
WEG. ICH DENKE
AN DICH!

MÖGEST DU
GENESEN, BEVOR DER
STREAMINGDIENST
ERNEUT FRAGT:
'SEHET IHR NOCH ZU?'

ERHEBE DICH,
TAPFERE SEELE!
DEINE GENESUNG
WIRD KOMMEN WIE
DER FRÜHLING NACH
EINEM LANGEN
WINTER.

KOMM SCHNELL
WIEDER AUF DIE
BEINE, MEIN
HASE!

WERD
SCHNELL
GESUND,
MEIN
HERZ!

WERD SCHNELL
GESUND, DU
HUND!

Andere Malbücher von @hannasroth:

"Das Spektrum des Banalen"

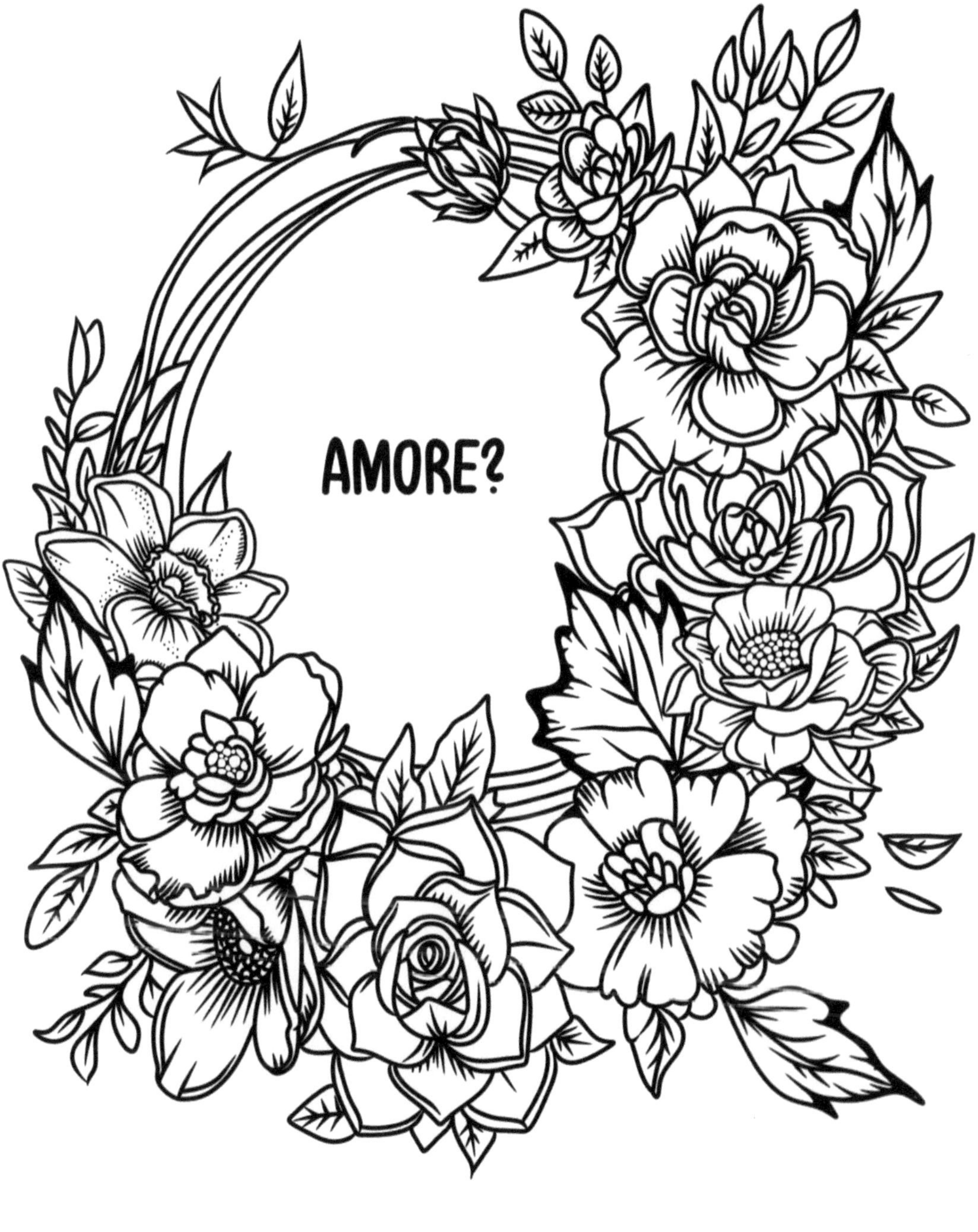

"Das Spektrum des Banalen
im Palast der Polemik"

WER MIT
SCHEISSE WIRFT,
MUSS FANGEN
KÖNNEN!

"Das Malbuch für cholerische Mäuse-
Blumen & Beleidigungen"

DU HAST MEIN
HERZ GESTOHLEN
—NAJA,
METAPHORISCH,
PHYSISCH WÄRE
ES SCHWERWIEGENDER
DIEBSTAHL MIT
GESUNDHEITLICHEN
FOLGEN.

"Das Malbuch für flirtende Nerds
Affektive Algorithmen""

"Dating Proverbs:
Ancient Wisdom for Modern Love"

"WRITING BAD WORDS.."

"Reimagining Art: A Coloring Book of Timeless Treasures"

"Kreatives Blumen-ABC-Malbuch"

"Kreatives-Fantasie-
Tier-ABC-Malbuch"

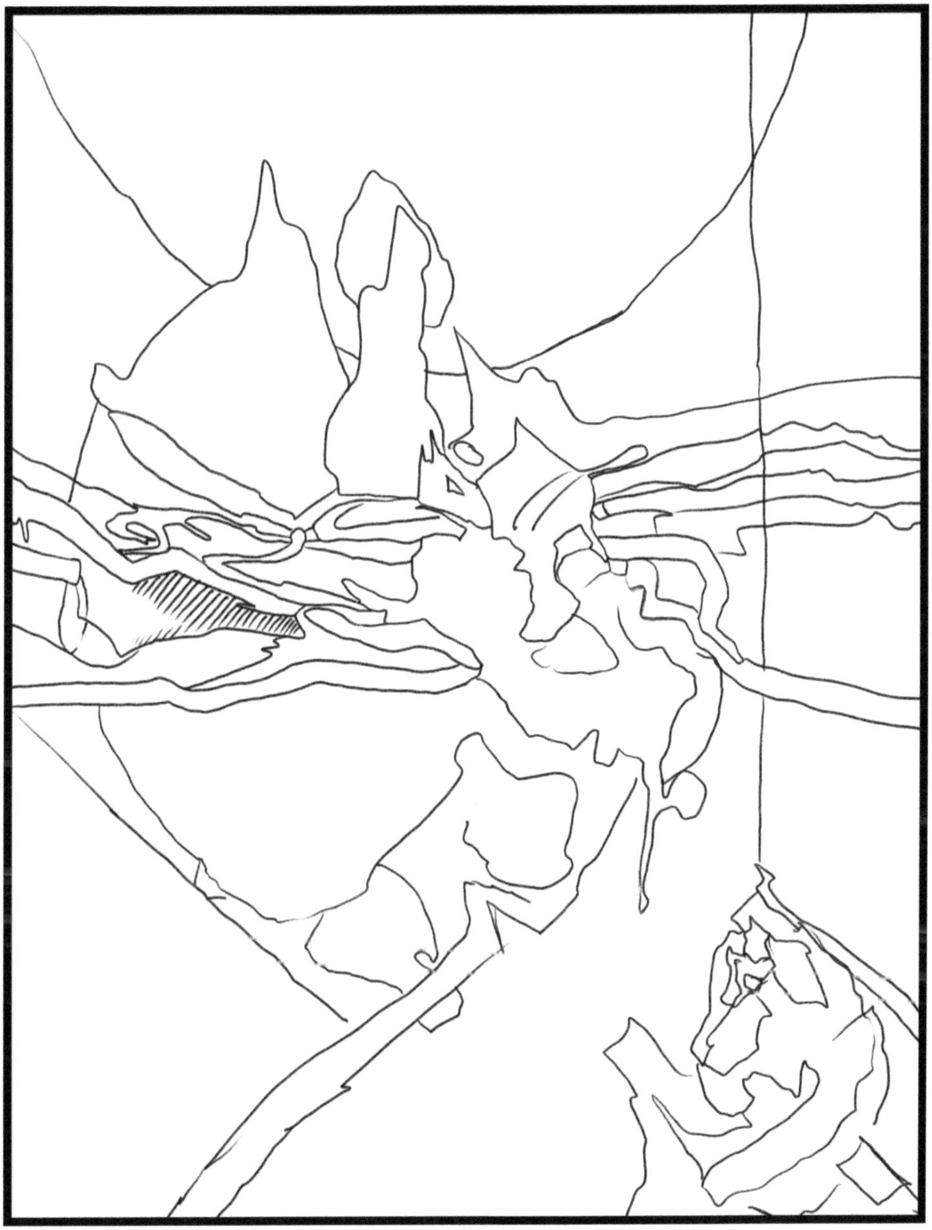

"Abstract-Coloring-Book"

"Animal-ABC-Coloring-Book"

"Kirk's Philosophy"

"30+(1) Blumenstillleben"